AF246290

EXTRAIT

DES REGISTRES

DES DELIBERATIONS

DE

LA COMÉDIE FRANÇAISE.

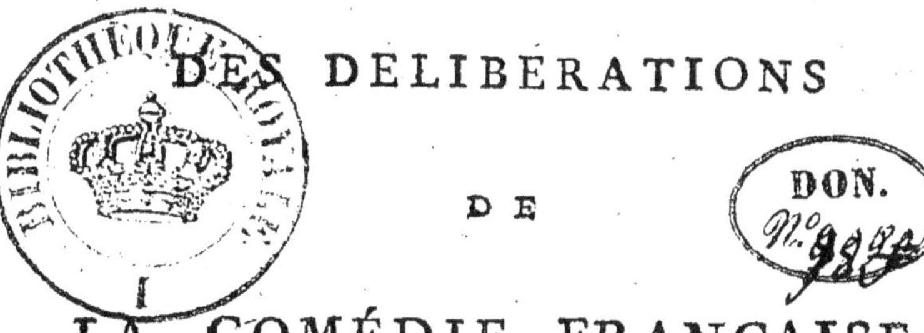

EXTRAIT DES REGISTRES
DES DÉLIBÉRATIONS
DE LA COMÉDIE FRANÇAISE.

LE Samedi, *dix-neuf Février mil sept cent quatre-vingt-onze*, en l'assemblée des Comédiens Français, tenue en la manière accoutumée, dans le lieu de leur assemblée au Théatre Français, où leur conseil étoit convoqué, M. *Molé* a dit, que l'assemblée étoit convoquée et le conseil invité, pour décider la question suivante, sur laquelle la Comédie desiroit avoir son avis : savoir, *si dans les circonstances actuelles, le traité de société passé entre les Comédiens Français, subsiste dans toute sa force*, quelques membres ayant paru douter, si le décret rendu par l'Assemblée Nationale, sur la liberté des Théatres & la propriété des Auteurs dramatiques, n'avoit pas l'effet de dissoudre cette société.

Sur la proposition de cette question, plusieurs membres de l'assemblée ont demandé qu'on fît d'abord lecture de l'acte de société ; ce qui a été fait.

A

Après quoi M. *de Seze* a repréſenté « que l'acte » qui venoit d'être lu, & qui renfermoit une mul-» titude de diſpoſitions, étoit trop long, & la » queſtion propoſée trop importante, ſur-tout » dans la ſituation où ſe trouve la Comédie, pour » ne la pas examiner avec toute l'attention qu'elle » méritoit; qu'il croyoit néceſſaire que le Conſeil » de la Comédie s'aſſemblât particuliérement, » pour la traiter avec ſoin, & qu'il donnât ſa » réſolution par écrit; » ce qui a été adopté par tous les membres du Conſeil préſens & par les Comédiens Français.

Alors quelques-uns des Comédiens ont élevé d'autres queſtions particulières ſur diverſes clauſes de l'acte de ſociété, ſur leſquelles ils ont pareillement demandé l'avis du Conſeil, notamment ſur la durée des engagemens & ſur les diſpoſitions des articles 10, 11 & 12 de l'acte de ſociété, qui autoriſent à congédier un Comédien après quinze ans de ſervice, en lui aſſurant une penſion de 1000 livres, & à retenir au contraire après vingt ans celui dont les ſervices ſeroient encore jugés utiles à la Comédie; ils ont demandé ſi le Comédien qu'on pouvoit renvoyer après

quinze ans, n'avoit pas auſſi le droit de ſe
retirer après le même temps, & ſi l'on pouvoit
licitement le contraindre à reſter après les vingt
ans, s'il ne le vouloit pas.

Pluſieurs autres queſtions ayant encore été
faites, on a obſervé que pour ſatisfaire à toutes,
& pour éclaircir toutes les difficultés qui pouvoient naître dans l'eſprit de chacun, ſur chaque
article de l'acte de ſociété, il faudroit que les
queſtions fuſſent raſſemblées & remiſes au Conſeil; ce qui ne pouvoit pas ſe faire à l'inſtant:
que d'ailleurs la queſtion principale étoit celle
qui devoit être décidée avant tout, parce que ſi
l'on jugeoit que l'acte de ſociété étoit diſſout, il
ſeroit bien ſuperflu de s'engager dans l'examen
des clauſes de cet acte.

Cette réſolution ayant diviſé les opinions, on
a pris les voix, &, à la majorité de dix-ſept
contre ſix, il a été décidé que le Conſeil traite-
roit d'abord la queſtion principale de l'exiſtence
ou de la diſſolution de la ſociété.

En conſéquence les membres du Conſeil préſens, ont arrêté de ſe réunir chez M. *de Seze*,

le Mardi fuivant, pour y examiner, & difcuter cette queftion véritablement importante pour la Comédie Françaife, avec tout le foin qu'elle exigeoit d'eux.

Et le *vingt-huit Février*, l'affemblée générale ayant été convoquée en la manière accoutumée,

Il a été fait lecture de *l'avis du Confeil*, dont la teneur fuit :

LES Souffignés, qui ont pris lecture de l'acte de fociété fait entre les Comédiens Français, le *neuf Juin mil fept cent cinquante-huit* ; confultés par les Comédiens, en leur affemblée générale du *dix-neuf*,

Sur la queftion qui s'eft élevée, de savoir, fi les circonftances actuelles, les principes de la liberté, & plus particuliérement le décret rendu par l'Affemblée Nationale & fanctionné par le Roi, fur la liberté des Théatres & fur la propriété des Auteurs dramatiques, n'avoient pas l'effet de diffoudre leur fociété & de les délier de leurs engagemens.

Après avoir examiné la queftion avec toute

[5]

l'attention que fon importance & l'intérêt de la
Comédie exigent, ils ont vu avec fatisfaction que
les inquiétudes de quelques membres de la fociété
font fans fondement, & que le Confeil peut
les diffiper par une multitude de motifs, qui ne
doivent laiffer aucun doute dans les efprits.

Ils ont été unanimement d'avis que le contrat
de fociété fubfifte dans toute fa force, & qu'aucun Comédien ne peut fe retirer, que dans le
cas & après le tems convenu par le contrat, fauf
le droit inconteftable qu'a la fociété d'ajouter ou
de retrancher aux claufes de l'acte de cette fociété, & de modifier, corriger & perfectionner
fon régime, fuivant que les circonftances & l'intérêt général l'exigent, par des actes & régle-
mens faits en vertu de délibérations prifes en la
manière accoutumée & à la majorité des voix.

Il faut diftinguer dans l'acte de fociété la convention de fociété proprement dite, d'avec les
claufes réglementaires qui ne concernent que la
police ou l'adminiftration. Ces claufes, foumifes
par leur nature, à l'empire des tems & des circonftances, font fufceptibles d'être changées,

A 3

toutes les fois qu'on se propose d'établir un meilleur ordre de choses ; & il en est aujourd'hui que la seule force des circonstances a nécessairement abolies.

Les Comédiens étoient sous l'inspection de MM. les Gentilshommes de la Chambre du Roi ; cette inspection s'étoit étendue jusques sur l'administration intérieure, & ils faisoient intervenir leur autorité par-tout.

Cette inspection n'existe plus. La Comédie est libre, & ne peut plus connoître, pour régler ses intérêts privés, que la volonté générale de ses membres, manifestée par des délibérations libres & régulières.

Les dispositions des actes relatives à ce gouvernement sont donc abolies par la révolution, par l'établissement des principes de liberté & par les décrets de l'Assemblée Nationale.

Il n'en est pas de même du *contrat de société.*

Le contrat de société proprement dit, est la convention par laquelle les personnes qui composent la troupe des Comédiens du Théatre Français se sont unies pour y jouer la comédie

françaife, & partager les bénéfices de l'entre-
prife de la manière réglée par le contrat.

De cette fociété réfulte l'engagement pris par
chacun de fes membres, d'employer exclufive-
ment fes talens fur ce Théatre, & de ne pouvoir
s'en féparer que de la manière & dans le tems
déterminé par le contrat.

Voilà ce qui conftitue la fociété; c'eft là l'ef-
sence du contrat.

Tout le refte n'eft que le mode de régir la
fociété.

Comment la révolution & les principes de la
liberté auroient-ils l'effet de diffoudre ce contrat?

La révolution arrivée dans le gouvernement
du royaume, n'a pas porté d'atteinte aux conventions privées; les principes de la liberté font
faits pour en étendre l'empire, plutôt que pour
le reftreindre; pour confolider les actes de la
volonté des citoyens, plutôt que pour les détruire.

Eft-il un Comédien qui puiffe dire qu'on l'a
contraint contre fa volonté, fon intérêt ou fon
honneur, d'entrer au Théâtre François?

A 4

[8]

Celui qui pourroit le prouver, auroit droit de se pourvoir contre son engagement dans les Tribunaux & de s'en faire relever; ce qui ne dissolveroit certainement pas la société entre les autres.

Mais il n'est au contraire pas un des membres de la société, qui n'ait sûrement ambitionné l'avantage d'y être reçu; & si l'on pouvoit douter que les volontés aient toujours été libres, on le présumeroit plutôt du côté de la société, que l'autorité auroit pu contraindre à recevoir des sujets protégés.

Ce que la révolution & les principes de la liberté sont loin d'avoir opéré, a-t-il été fait par le décret que l'Assemblée Nationale a rendu sur les Théâtres?

Ce décret ne contient aucune disposition qui concerne l'existence, le régime ou la durée des Troupes, Entreprises, ou Sociétés de Comédie.

Loin qu'il opère la dissolution de ces Sociétés, il en suppose, au contraire, la conservation, puisqu'il détermine les droits respectifs des Théâtres existans, de ceux qui s'établiront, & les droits des Auteurs Dramatiques vis-à-vis des uns & des autres.

Loin qu'il suppose l'anéantissement des actes, il en consacre l'autorité, en déclarant que, s'il en a été passé entre les Auteurs & les Comédiens, ils devront être exécutés.

Mais, on fait une objection.

Ce décret enlève, dit-on, au Théâtre François son privilège exclusif; il livre à tous les autres Théâtres de Paris le riche fonds qu'il possédoit seul de tous les anciens Auteurs Dramatiques; il les oblige même à de nouvelles rétributions envers les Auteurs vivans, dont ils avoient acquis les pièces; il porte par là le plus grand préjudice au Théâtre François; & les Acteurs dont il change infiniment le sort, ne peuvent-ils pas dire qu'ils se sont engagés à la Comédie sur la foi de ces privilèges & de ce fonds qu'on lui enlève? & s'ils n'ont plus ces avantages sur lesquels ils avoient compté, ne doivent-ils pas être dégagés du lien auquel ils se sont soumis?

Non, ils ne le sont pas, & ces circonstances

ne font certainement point de nature à diffoudre la Société.

Sans doute, le Théâtre François fait une grande perte ; mais fût-elle encore beaucoup plus grande , ce ne feroit pas une raifon de croire la Société diffoute, & les Affociés libres de difpofer de leurs perfonnes.

La plus fimple réflexion fur l'effet des Sociétés en général, fuffit pour s'en convaincre.

Toute Société eft une mife en commun pour faire valoir & pour partager les profits qu'elle peut faire.

Mais il n'y a point de profit, que les frais n'aient été prélevés, & le droit de partager les bénéfices impofe l'obligation de fupporter les pertes.

Ce feroit une étrange prétention de la part d'Affociés qui ne trouveroient de force & d'exif-tence à leur contrat que quand la Société gagne, & qui fe croiroient dégagés , dès que fes béné-fices diminueroient.

De même que les bénéfices prévus & impré-vus entrent dans la Société , les pertes prévues & imprévues y entrent auffi fans la diffoudre.

Quand les Comédiens se sont engagés à la Comédie Françoise, ils y trouvoient un plus riche fonds, ils y espéroient de plus grands bénéfices ; mais ils se soumettoient nécessairement aussi à tous les évènemens qui pouvoient les diminuer.

Ce n'est pas la première fois que le privilège a souffert quelque atteinte ; quand on a permis l'établissement de plusieurs Théâtres dans Paris, quelqu'un d'entre les Comédiens a t-il pensé que la Société fût dissoute ? Pourquoi le seroit-elle aujourd'hui par le droit donné à ces Théâtres de jouer leurs pièces ?

Et si, au lieu du décret survenu, il avoit été fait une loi qui défendît qu'il y eût plus d'un Théâtre de Comédie dans Paris, le Théâtre François n'en eût-il pas profité ?

La perte que souffre le Théâtre François est une force majeure qui n'est du fait d'aucun des membres de la Société, & qui frappe également sur tous ; qui, par conséquent, ne donne pas aux uns plus qu'aux autres, le droit de s'en plaindre, & d'en faire porter la peine à la Société.

Eſt-il dit dans l'acte de Société, dans les engagemens d'aucun membre, que, ſi le privilège vient à ceſſer, ſi le fonds du répertoire eſt diminué, ils auront le droit de ſe retirer?

Peut on même regarder le répertoire de laComédie Françoiſe & ſon privilège excluſif, comme le fondement tacite de l'engagement des Comédiens? Eſt-ce là le motif qui les a déterminés?

En Province, on jouoit toutes les pièces du Théâtre François ſans obſtacle, & cependant les Comédiens ne venoient-ils pas de la Province à Paris, quand ils pouvoient y être reçus? Le talent des Comédiens François, & le ſéjour de Paris, voilà le fonds ſur lequel ónt ſur-tout ſpéculé ceux qui s'y ſont engagés; & il n'en eſt pas un qui, de bonne foi, voulût ſoutenir qu'il n'eſt entré au Théâtre François, que parce que ce Théâtre avoit le privilège excluſif de la Comédie Françoiſe à Paris.

Mais, enfin, quelque importance qu'on puiſſe attacher au privilège, & quelque grande qu'on veuille ſuppoſer la perte dont il s'agit ici, eſt-elle totale? Fait-elle un obſtacle abſolu à ce que

la Troupe fubfifte, à ce qu'elle joue ? Anéan-
tit-elle tous les bénéfices ?

Si cela étoit, la Société périroit faute de
moyens ; & renverfée de *fait*, la queftion ne
s'éleveroit pas de favoir, fi elle eft, ou non,
diffoute par un effet de *droit* ?

Le Théâtre François perd le privilège exclu-
fif de fon fonds ; mais il ne perd pas ce fonds :
il eft obligé d'en fouffrir la concurrence ; mais
cette concurrence eft toute à fon avantage : il
préfumeroit bien peu de lui-même , s'il fe
croyoit anéanti , parce qu'on joueroit ailleurs
les mêmes pièces. Loin de s'en décourager , ce
doit être pour lui un motif d'émulation , &
peut-être d'orgueil. C'eft une raifon de fe tenir
plus étroitement unis , & non pas de fe diffoudre ;
& tant que les Comédiens François , étouffant tout
germe de divifion dès fa naiffance, fermant l'oreille
à toute infinuation étrangère , & fe rapprochant
encore davantage par les pertes qu'ils éprouvent,
fauront maintenir cette union ; tant qu'ils fou-
tiendront leurs efforts pour conferver à leur
Théâtre le bon goût, & la dignité de la Scène

Françoife, ils pourront avoir des envieux, mais ils n'auront point de rivaux. Les talens qui naîtront ailleurs ambitionneront toujours de venir fe perfectionner chez eux , & travailleront à s'en rendre dignes.

Voilà tout ce qu'on auroit à dire en admettant & confidérant les pertes occafionnées par le décret, comme abfolues & fans aucune compenfation.

Mais l'Affemblée nationale a rendu ce décret pour l'intérêt public ; & pour ce grand intérêt, le facrifice de la propriété eft impofée aux citoyens, par la conftitution même, *fauf leur indemnité.*

Les Comédiens Français ne fe croient pas fûrement étrangers à ce motif, & fe garderoient de le défavouer.

Si la révolution leur enlève les privilèges de leurs fonds, elle leur a rendu tous les droits du citoyen ; ils recueilleront auffi tous les avantages de la conftitution. La perte que la fociété fait eft cenfée profiter aux individus, & ces individus gagnent, comme citoyens, ce qu'ils perdent comme Comédiens.

On ne peut pas même dire que, comme Comédiens, les sacrifices qu'exige le décret, soient absolus pour eux; car le décret n'est pas fait exclusivement contre le Théatre Français.

Comme on peut jouer ses pièces, il peut aussi jouer celles des autres. Les Comédiens pourroient faire représenter l'opéra-comique, même le grand opéra sur leur Théatre, s'ils croyoient de leur intérêt de le faire.

Ils n'en auront pas le desir, ils en auroient difficilement les moyens; mais enfin ils en ont le droit.

Ils trouveront de plus un dédommagement dans certaines rétributions dont ils seront affranchis; & si l'Assemblée Nationale accorde, comme il y a lieu de l'espérer, la demande de se charger, à titre d'indemnité, des pensions des Acteurs retirés, auroient-ils autant à se plaindre de leurs pertes?

Maintenant, si toutes les considérations auxquelles on vient de se livrer sont décisives, en les appliquant aux principes généraux des sociétés, quelle force ne reçoivent-elles pas de la nature particulière de la société des Comédiens?

Ce n'eſt point une ſociété à laquelle on ſoit libre de renoncer, même en acquittant ſa part des dettes.

Elle eſt contractée pour un temps déterminé, pendant lequel la perſonne même engagée, & tous les membres ſont liés individuellement les uns envers les autres.

Ce n'eſt point une ſociété de Commerce dont les fonds en argent ou en marchandiſes, ſub-ſiſtent dans toute leur valeur, après la retraite de tel ou tel aſſocié.

C'eſt une ſociété de talens, & ces talens en ſont la principale, la véritable miſe ; c'eſt là le fonds productif de la ſociété.

Telle eſt auſſi ſa nature, que la réunion des talens qui la compoſent, étant indiſpenſable pour qu'elle exiſte, ces talens valent l'un par l'autre ; ils profitent l'un de l'autre, & les ſuccès y ſont relatifs ; on peut même ſuppoſer tels talents dont le genre & la ſupériorité feroient la proſpérité d'un Théâtre, & qui pourroient le détruire en ſe retirant.

Les Acteurs s'appartiennent donc, pour ainſi

dire,

dire, les uns aux autres, chacun est engagé envers tous, & un seul peut être nécessaire à tous.

Nul ne peut donc rompre son engagement sans le consentement de tous ; la société ne peut être dissoute que d'un consentement unanime ; la majorité des voix seroit impuissante pour opérer cette dissolution à laquelle la plus foible minorité auroit le droit de s'opposer.

Mais, écartons si l'on veut ces considérations, & supposons les Comédiens libres les uns envers les autres ; ne leur resteroit-il pas encore d'autres Maîtres ? N'ont-ils pas d'autres chaînes ? Ne sont-ils pas obligés *aux dettes* ; & leurs créanciers n'ont-ils pas le droit de réclamer leurs services pendant la durée de leurs engagemens ?

Les propriétés mobiliaires & immobiliaires de la Comédie, ne sont pas le gage unique des créanciers ; le travail de l'Acteur, & son talent font partie de ce gage ; & quand les Comédiens ont fait des emprunts, ce gage est certainement entré de part & d'autre dans la convention.

B

Les créanciers auroient donc le droit de s’oppofer à ce qu’un Acteur abandonnât la troupe avant le terme de fon engagement, pour aller porter fes talens fur un autre Theâtre ; & c’eft pofitivement, dans les circonftances préfentes, c’eft lorfque ce créancier perd une partie de fon gage par l’abolition du privilege , qu’il feroit encore mieux fondé à s’attacher à ce qui lui en refte, & plus favorablement écouté.

Il n’eft donc pas vrai que les circonftances, les principes de liberté, ni le décret de l’Affem-blée Nationale , puiffent avoir l’effet de diffoudre la fociété, & qu’ils autorifent aucun des Comédiens à difpofer de lui-même.

Mais, quand les principes & tant de motifs réunis, ne repoufferoient pas ce fyftême de diffolution, les fentimens d’honneur ne fuffiroient-ils pas pour en bannir jufques à la penfée ?

Quoi ! ce feroit au moment où la Comédie Françaife eft attaquée, où l’on croit fon exiftence menacée, où l’on craint quelque péril pour elle, que fes propres enfans prêteroient leurs mains pour aider à la déchirer ; les Comédiens affociés fideles, tant que d'utiles bénéfices entretenoient leur dévouement, ne seroient plus que des déserteurs aussi-tôt qu'ils verroient diminuer les bénéfices, & qu'on les flatteroit ailleurs d'un plus grand avantage; ils auroient joui au Théâtre Français des jours de sa fortune, pour l'abandonner dès l'apparence d'une disgrace. Ils iroient enrichir un autre Théâtre des talens qu'ils ont acquis ou formés à son école ; ils deviendroient ses rivaux, ses ennemis, & les instrumens de sa ruine.

On ne craint pas de le dire; une telle démarche seroit désapprouvée par-tout; la voix publique s'éleveroit contre ceux qui l'auroient faite ; ils perdroient leur procès dans les Tribunaux, & ils resteroient couverts d'un blâme universel.

Mais il faut écarter ces suppositions : ce sont des inquiétudes & non pas un sentiment; c'est une crainte & non un desir que quelques membres de la société ont témoigné, & le Conseil croit leur avoir fourni les motifs les plus évidens d'une entière sécurité, sur leur situation & sur leurs devoirs.

En traitant cette question, au reste, les soussignés

ont reconnu que celle qu'on a propofée dans la dernière affemblée, fur la durée des engagemens, étoit liée à la première, puifque les obligations de l'affocié doivent ceffer à l'expiration du tems de fon engagement ; & puifque l'objet des Comédiens eft de favoir s'il en eft parmi eux qui aient le droit de fe féparer, ceux qui ont élevé la queftion de la durée légale des engagemens, l'ont fait encore fur le fondement des circonftances préfentes, préfumant que l'acte de fociété contenoit à cet égard des difpofitions nulles, comme contraires aux principes des engagemens libres qui ne devoient plus fubfifter en ce moment.

Les fouffignés font encore unanimement d'avis fur ce point, que l'acte de fociété ne contient rien que de licite, & qui ne foit très-valable en droit.

Pour le prouver, il faut examiner les articles qui traitent de la durée des engagemens.

Ce font les dixième & onzième.

Ils portent :

ARTICLE X.

» Tous les Acteurs & Actrices qui feront ren-
» voyés après quinze années de fervice, jouiront

» de mille livres de penſion viagere ; laquelle leur
» fera payée annuellement par la Troupe, ſans
» aucune retenue ni diminution des impoſitions
» quelconques, préſentes & à venir, de ſix en ſix
» mois, à compter du jour & date des ordres de
» M. le premier Gentilhomme de la Chambre,
» lors en exercice, ſur leſquelles feront expédiés
» les contrats de conſtitution deſdites rentes
» auxdits Acteurs & Actrices ainſi retirés.

Article XI.

» Il ſera libre auxdits Acteurs & Actrices de
» ſe retirer après vingt années de ſervice, & audit
» cas, ils jouiront de la penſion de mille livres ;
» laquelle ſera conſtituée à leur profit, confor-
» mément au précédent article : néanmoins ceux
» deſdits Acteurs ou Actrices qui feront jugés
» néceſſaires après leſdites vingt années de ſer-
» vice, ne pourront ſe retirer. Mais ils auront
» quinze cents livres de penſion, en continuant
» par eux leur ſervice pendant dix autres années ».

Trois queſtions ont été faites ſur ces articles.

1°. Quelle eſt la durée de l'engagement ? Eſt-ce quinze ans ; eſt ce vingt ans ; eſt-ce trente ans ? Voilà deux articles qui ſuppoſent les trois termes.

2°. Le Comédien que la ſociété peut renvoyer après quinze ans, ne doit-il pas être également libre de ſe retirer à l'époque de ce terme ?

3°. Peut-on retenir après vingt ans un Acteur qui n'auroit pas le droit de reſter, ſi on ne le jugeoit plus néceſſaire ?

La réponſe à ces trois queſtions eſt, que le terme ordinaire de l'engagement eſt de vingt ans ; que le Comédien ne peut ſe retirer avant ces vingt ans ; & qu'après les vingt ans, il eſt tenu de reſter encore dix ans, s'il eſt jugé par la ſociété que ſes ſervices ſont encore néceſſaires au Théatre.

On dit que le terme ordinaire de l'enga-gement eſt de vingt ans, parce que la diſpoſi-tion de l'article 10 ne s'applique qu'au cas où un Acteur auroit été renvoyé pour quelque délit ou faits graves, qui ne permiſſent plus de de-meurer en Société avec lui, & la prorogation de dix ans, portée en l'article 11 , eſt conditionnelle , & ſubordonnée aux circonſtances qui peuvent la rendre néceſſaire.

Il eſt hors de doute , qu'aucune Société , aucune Compagnie , ne peut être forcée de travailler & de vivre avec un Aſſocié qui trahiroit ſa Société , qui la voleroit, qui attenteroit à l'honneur ou à la vie de ſes co-Aſſociés ; de tels délits détruiſent la Société , & rompent les engagemens : mais ce n'eſt pas arbitrairement & ſur de ſimples ſoupçons, ce n'eſt pas par des motifs de jalouſie ou de haine , que ce renvoi peut avoir lieu ; il faut que le délit ſoit conſtant, & qu'il ſoit prouvé ; s'il étoit dénié par l'accuſé, & qu'il refusât de ſe retirer, il faudroit un jugement qui autorisât ſon renvoi.

C'eſt du renvoi forcé qu'il eſt queſtion dans l'article 10 , & non de la retraite volontaire. Ces mots : *Tous Acteurs & Actrices qui ſeront renvoyés*, ne peuvent pas être entendus différemment.

Lorſque l'article fixe un délai de quinze années, ce n'eſt pas pour dire qu'un Acteur ne peut pas être renvoyé avant ce terme, s'il avoit encouru cette peine.

C'eſt pour établir qu'à ce terme il ne pourra l'être qu'avec la penſion de mille livres.

S'il étoit renvoyé avant les quinze ans, il ne lui feroit pas dû de penſion.

Il y a des exemples au Théâtre François, de ſujets congédiés pour inconduite avant quinze ans, & qui n'ont point eu de penſion.

Mais, on a penſé que, quand un Comédien avoit ſervi quinze ans, quels que fuſſent ſes torts, il feroit trop dur de le congédier ſans fubſiſtance ; on a même porté ſa penſion à *mille livres*, comme celle des Acteurs honorablement retirés après vingt ans, parce qu'on a fenti qu'il arriveroit que l'Acteur renvoyé ne feroit plus reçu dans aucune autre ſociété.

Cette explication très-claire de l'article 10, fait difparoître l'objection ſur la réciprocité du droit qu'on fuppoferoit à l'Acteur de ſe retirer volontairement, après ces quinze années, puiſqu'il ne s'agit pas ici d'une convention réciproque, mais d'une peine impofée à l'Affocié coupable.

Quant à l'article 12, il eft tout auffi facile d'en expliquer la difpofition, & de faire voir qu'elle eft très-valable.

Le terme de l'engagement eft de vingt années, pendant lefquelles l'Acteur ne peut quitter, & la Société ne peut congédier, à moins qu'il n'y eût confentement refpectif à la retraite.

A l'expiration des vingt années, fi le Comédien peut encore être utile, & que la Société veuille le conferver, il refte : mais, après dix années, il lui eft dû, aux termes de l'article 11, quinze cents livres de penfion, qui, depuis, ont été portées à *trois mille livres;* & s'il n'a pas pu faire les dix années, il lui eft dû un accroiffement de penfion proportionné à fon tems de fervice.

L'article 11 porte que *l'Acteur fera tenu de refter.*

Il eft difficile de croire que l'Acteur qui a

déjà fait vingt ans de service, qui peut encore en faire dix , & par-là tiercer ou doubler sa pension, se fasse faire violence pour y consentir.

Il est également difficile de présumer qu'il trouve , en quittant ce Théâtre, des avantages supérieurs à ceux qu'on lui assure en y restant.

Toutefois , cela n'est pas impossible.

C'est pourquoi l'article porte qu'il *sera tenu de rester.*

Cette disposition est valable ; elle n'a rien de contraire aux règles des conventions.

Ce n'est pas en vertu de la volonté arbitraire de la Société, que le Comédien est tenu de rester ; c'est en vertu de l'obligation qu'il a contractée de le faire, si le cas arrivoit.

Cette clause du traité de Société fait partie des engagemens que l'Acteur a pris quand il a été reçu dans la Société.

Il n'a pu l'être qu'en se soumettant aux traités qui la gouvernent ; il les adopte en y entrant.

C'est donc volontairement qu'il a subi cette

loi, & l'engagement eſt très-licite, parce que tout homme eſt parfaitement libre d'engager ſon induſtrie, ſon travail, de telle manière & ſous telle condition que bon lui ſemble.

Quand on objeĉte à ce ſujet qu'un engagement doit être réciproque pour être valable, c'eſt mal-entendre & mal appliquer le principe.

Dans les conventions réciproques, l'engagement doit l'être, & chacune des parties doit avoir un titre contre l'autre.

C'eſt-à-dire, que chacun des contraĉtans doit paroître dans l'acte, y ſtipuler, s'y obliger, le ſigner & en avoir un double, s'il eſt ſous ſeing-privé.

Si une ſeule partie s'oblige, ou ſe trouve maîtreſſe d'un titre unique qu'elle peut ſupprimer, il eſt évident que l'autre n'étant pas liée, l'engagement eſt nul : car une partie ne peut pas être engagée dans un contrat réciproque de ſa nature, ſi l'autre partie ne l'eſt pas.

Mais cela ne veut pas dire que les obligations & les droits doivent toujours être corre-latifs & correspondans, & qu'un des contractans ne puisse pas prendre de plus grands engage-mens que l'autre, ou se lier davantage, & qu'il ne puisse pas renoncer aux mêmes facultés qu'il accorde.

Ainsi un homme en engage un autre pour un service quelconque : celui-ci s'oblige de rester un tems déterminé, & cependant il consent que l'autre le congédie plutôt, si ses services cessent de lui être utiles.

Au contraire, il est stipulé que l'engagement sera de telle durée ; mais qu'il pourra être pro-rogé pendant tel autre tems, si les services sont encore jugés nécessaires.

Assurément rien n'est plus licite, & l'obligé ne peut se soustraire à cette sujétion, lorsqu'il s'y est formellement soumis.

Ainsi le Comédien qui, en devenant Associé, s'est soumis aux loix de la Société, ne peut se plaindre de l'exercice d'une faculté qui en fai-soit partie.

Il le peut d'autant moins, que ce n'eſt pas gratuitement qu'on a droit de le retenir pendant dix autres années, puiſqu'il continue d'y jouir de tous ſes avantages, & qu'il acquiert droit à une penſion de *trois mille livres*.

Enfin, ce n'eſt pas pour l'intérêt de la Comédie ſeule, que cette diſpoſition eſt faite : on a conſulté davantage encore la ſatisfaction du Public ; & l'on a voulu conſerver, autant qu'il ſeroit poſſible, au peuple de la Capitale ſes jouiſſances & ſes richeſſes : on a ſenti qu'il ne falloit pas qu'un Acteur chéri du Public, & qui devroit au ſéjour de Paris, aux leçons qu'il y auroit reçues, aux modèles qu'il y auroit trouvés, la perfection qu'il auroit atteint, lui fût enlevé, au moment d'en jouir dans ſa maturité, & que l'étranger pût en faire la conquête.

Tels ſont les motifs de la déciſion des ſouſſignés, auxquels ils ont donné tout le développement qu'ils ont cru néceſſaire pour répondre aux vues de l'Assemblée, & dissiper tous les doutes.

DELAMALLE.   DESEZE.
DE MIRBECK.   LE ROUGE.
FORMÉ.   MONNAY.
BENOIST.   HUA.
BOUTET.

APRÈS lecture faite de la Consultation, la Société a témoigné au Conseil sa reconnoissance des soins qu'il a bien voulu donner à sa rédaction, & il a été unanimement arrêté qu'elle seroit rendue publique par la voie de l'impression.

MOLÉ,   }
VANHOVE,   } Semainiers.

De l'Imprimerie de PRAULT, Imprimeur du Roi, Quai des Augustins, 1791.

20